Charles NODIER

LÉGENDE
DE SŒUR BÉATRIX

ILLUSTRATIONS DE G. RIPART

PARIS, Vᵉ
Maurice GLOMEAU, Éditeur
21, RUE PIERRE-NICOLE

1924

LÉGENDE

DE SŒUR BÉATRIX

JUSTIFICATION DU TIRAGE

N⁰ˢ 1 à 9. — Exemplaires sur grand vélin du Marais, double suite des hors-textes et une aquarelle originale de G. Ripart, ayant servi à l'illustration.

N⁰ˢ 10 à 52. — Exemplaires sur grand vélin du Marais, double suite des hors-textes.

N⁰ˢ 53 à 1000. — Exemplaires sur vélin pur chiffon du Marais.

Charles NODIER

LÉGENDE

DE SŒUR BÉATRIX

ILLUSTRATIONS DE G. RIPART

PARIS, Vᵉ

Maurice GLOMEAU, Éditeur

21, RUE PIERRE-NICOLE

1924

LÉGENDE DE SŒUR BÉATRIX

Maria, gratia plena.

Il étoit bien convenu en France, il y a une vingtaine d'années, que tous les trésors de la poésie sont renfermés sans exception dans le Pantheum mythicum de

Pomey, et dans le Dictionnaire de la Fable de M. Noël. *Un nom inconnu de Phurnutus, une fable ignorée de Paléphate, un récit tendre et touchant qui ne remontoit pas aux Métamorphoses, toute idée qui n'avoit pas passé à la filière éternelle des Grecs et des Romains, étoit réputée barbare. Quand vous en aviez fini avec les Aloïdes, les Phaëtontides, les Méléagrides, les Labdacides, les Danaïdes, les Pélopides, les Atrides, et autres dynasties malencontreuses, fatalement vouées aux Euménides par la docte cabale d'Aristote et surtout par la rime, il ne vous restoit plus qu'un parti à prendre : c'étoit de recommencer, et on recommençoit. La patiente admiration des collèges ne se lassoit jamais de ces beaux mythes qui ne disoient pas la moindre chose à l'esprit et au cœur, mais qui flattoient l'oreille de sons épurés à la douce euphonie des Hellènes. C'étoit Bacchus né avant terme* àu bruit d'un feu d'artifice, et que Jupiter héberge dans sa cuisse, par l'art de Sabasius, pour y accomplir le temps requis à une gestation naturelle. C'étoit le fils de Tantale servi aux dieux dans une olla podrida digne des enfers, et dont Minerve, plus affamée que le reste des immortels, est obligée de remplacer l'épaule absente par une omoplate d'ivoire. C'étoit Deucalion repeuplant le monde avec les ossements de sa grand'mère, c'est-à-dire en jetant des pierres derrière lui. C'étoit je ne sais quel autre conte absurde et solennel dont il falloit connoître les détails ridicules, et souvent obscènes ou impies, sous peine de passer pour ignorant et pour stupide aux yeux de la société polie. En revanche, on décernoit des récompenses et des couronnes à l'heureux enfant qui étoit parvenu à rassembler dans sa mémoire le plus grand nombre possible de ces inepties classiques, et s'il m'en souvient bien, le premier prélat *du diocèse daignoit imprimer à son triomphe le sceau de sa bénédiction pontificale. Cette méthode d'abrutissement et de dégradation intellectuelle, qui manquoit rarement son effet, s'appeloit l'éducation.*

Cependant notre civilisation ne ressembloit plus depuis bien des années à celle qui s'étoit nourrie, pendant tant de siècles, des fables puériles du paganisme. L'ironie de Socrate avoit porté le premier coup aux fantômes des mythologues. Ils s'étoient évanouis sous le fouet de Lucien. Une nouvelle croyance s'étoit introduite, grave, majestueuse, touchante, pleine de mystères sublimes et de sublimes espérances. Avec elle étoient descendus dans le cœur de l'homme une multitude de sentiments que les anciens n'ont point connus, la sainte ferveur de la foi, le noble enthousiasme de la liberté, l'amour, la charité, le pardon des injures. Une poésie, mieux appropriée aux besoins du christia-

nisme, étoit née avec lui, et cette poésie avoit aussi ses mythes et ses histoires. Pourquoi cette nouvelle source d'inspirations merveilleuses et de tendres émotions fut-elle négligée par ces habiles artisans de la parole, qui charment de leurs récits les ennuis et les douleurs de l'humanité ? Pourquoi la légende pieuse et touchante fut-elle reléguée à la veillée des vieilles femmes et des enfants, comme indigne d'occuper les loisirs d'un esprit délicat et d'un auditoire choisi ? C'est ce qui ne peut guère s'expliquer que par l'altération progressive de cette précieuse naïveté dont les âges primitifs tiroient leurs plus pures jouissances, et sans laquelle il n'y a plus de poésie véritable. La poésie d'une époque se compose, en effet, de deux éléments essentiels, la foi sincère de l'homme d'imagination qui croit ce qu'il raconte, et la foi sincère des hommes de sentiment qui croient ce qu'ils entendent raconter. Hors *de cet état de confiance et de sympathie réciproques où viennent se confondre des organisations bien assorties, la poésie n'est qu'un vain nom, l'art stérile et insignifiant de mesurer en rythmes compassés quelques syllabes sonores. Voilà pourquoi nous n'avons plus de poésie dans le sens naïf et original de ce mot, et pourquoi nous n'en aurons pas de longtemps, si nous en avons jamais.*

Pour en retrouver de foibles vestiges, il faut feuilleter les vieux livres qui ont été écrits par des hommes simples, ou s'asseoir dans quelque village écarté, au coin du foyer des bonnes gens. C'est là que se retrouvent de touchantes et magnifiques traditions dont personne ne s'est jamais avisé de contester l'autorité, et qui passent de génération en génération, comme un pieux héritage, sur la parole infaillible et respectée des vieillards. Là ne sauroient prévaloir les objections ricaneuses de la demi-instruction, si revêche, si maussade et si sotte, qui ne sait rien à fond, mais qui ne veut rien croire, parce qu'en cherchant la vérité qui est interdite à notre nature, elle n'a gagné que le doute. Les récits qu'on y fait, voyez-vous, ne peuvent donner matière à aucune discussion ; ils défient la critique d'une raison exigeante qui rétrécit l'âme, et d'une philosophie dédaigneuse qui la flétrit ; ils ne sont pas tenus de se renfermer dans les bornes des vraisemblances communes, dans les bornes mêmes de la possibilité, car ce qui n'est pas possible aujourd'hui étoit sans doute possible autrefois, quand le monde, plus jeune et plus innocent, étoit digne encore que Dieu fît pour lui des miracles ; quand les anges et les saints pouvoient se mêler, sans trop déroger de leur grandeur céleste, à des peuples simples et purs dont la vie s'écouloit entre le travail et la pratique des bonnes œuvres. Les faits qu'on vous rapporte n'ont

pas besoin, d'ailleurs, de tant d'éclaircisse-
ments : n'ont-ils pas le témoignage du vieil
aïeul qui les savoit de son aïeul, comme
celui-ci d'un autre vieillard qui en a été le
témoin oculaire ? Et dans cette longue suc-
cession de patriarches nourris dans l'hor-
reur du péché, s'en est-il jamais rencontré
un seul qui ait menti ?

O vous ! mes amis, que le feu divin qui
anima l'homme au jour de sa création n'a
pas encore tout à fait abandonnés ; vous qui
conservez encore une âme pour croire, pour
sentir et pour aimer ; vous qui n'avez pas
désespéré de vous-mêmes et de votre avenir,
au milieu de ce chaos des nations où l'on
désespère de tout, venez participer avec moi
à ces enchantements de la parole, qui font
revivre à la pensée l'heureuse vie des siècles
d'ignorance et de vertu ; mais surtout ne
perdons point de temps, je vous en conjure !
Demain peut-être il seroit trop tard ! Le

progrès vous a dit : Je marche, et le monstre marche en effet. Comme la mort physique dont parle le poète latin, l'éducation première, cette mort hideuse de l'intelligence et de l'imagination, frappe au seuil des moindres chaumières. Tous les fléaux que l'écriture traîne après elle, tous les fléaux de l'imprimerie, sa sœur perverse et féconde, menacent d'envahir les derniers asiles de la pudeur antique, de l'innocence et de la piété, sous une escorte de sombres pédants. Quelques jours encore, et ce monde naissant, que la science du mal va saisir au berceau, connoîtra un ridicule alphabet et ne connoîtra plus Dieu ; quelques jours encore, et ce qui reste, hélas ! des enfants de la nature, seront aussi stupides et aussi méchants que leurs maîtres. Hâtons-nous d'écouter les délicieuses histoires du peuple, avant qu'il les ait oubliées, avant qu'il en ait rougi, et que sa chaste poésie, honteuse d'être nue, se soit couverte d'un voile comme Eve exilée du paradis.

J'ai juré, quant à moi, de n'en jamais écouter, de n'en jamais raconter d'autres. Celle que je vais vous dire est tirée d'un vieil hagiographe, nommé Bzovius, continuateur peu connu de Baronius, qui ne l'est guère davantage. Bzovius la regardoit comme parfaitement authentique, et je suis de son avis, car de pareilles choses ne s'inventent point. Aussi me serois-je bien gardé d'y changer la moindre chose dans le fond ; et quant aux différences qu'on pourra trouver dans la forme, il ne faut point les imputer à mon goût, mais à celui de la multitude, qui feroit peu de cas du tableau d'un maître naïf, s'il n'étoit relevé par la bordure et rafraîchi par le vernis. Après cette déclaration, les lecteurs dans lesquels l'amour du beau et du vrai n'est pas altéré par de mauvaises habitudes, sauront à quoi s'en tenir. Ils laisse-

ront là mon pastiche, et liront, s'ils déterrent son bouquin dans les bibliothèques, le bonhomme Bzovius, qui raconte cent fois mieux que moi.

Non loin de la plus haute cime du Jura, mais en redescendant un peu sur son versant occidental, on remarquait encore, il y a près d'un

demi-siècle, un amas de ruines qui avait appartenu à l'église et au monastère de *Notre-Dame-des-Epines-Fleuries.* C'est à l'extrémité d'une gorge étroite et profonde, mais beaucoup plus abrité du côté du nord, et qui produit tous les ans, grâce à la faveur de cette exposition, les fleurs les plus rares de la contrée. A une demi-lieue de là, l'extrémité opposée laisse voir aussi les débris d'un antique manoir seigneurial, qui a disparu comme la maison de Dieu. On sait seulement qu'il était occupé par une famille très renommée dans les armes, et que le dernier des nobles chevaliers dont il portait le nom mourut à la conquête du tombeau de Jésus-Christ, sans laisser d'héritier pour perpétuer sa race. La veuve inconsolable n'abandonna pas des lieux si propres à entretenir sa mélancolie ; mais le bruit de sa piété se répandit au loin avec ses bienfaits, et une tradition glorieuse consacre à jamais sa mémoire aux respects des générations chrétiennes. Le peuple, qui a oublié tous ses autres titres, l'appelle encore LA SAINTE.

Un de ces jours où l'hiver, près de finir, se relâche tout à coup de sa rigueur, sous les influences d'un ciel tempéré, LA SAINTE se promenait, comme d'habitude, dans la longue avenue de son château, l'esprit occupé de pieuses méditations. Elle arriva ainsi jusqu'aux buissons d'épines qui la terminent encore, et elle ne fut pas peu surprise de voir qu'un de ces arbustes s'était chargé déjà de toute sa parure du printemps. Elle se hâta de s'en approcher pour s'assurer que cette apparence n'était pas produite par un reste de neige rebelle, et, ravie de le voir couronné en effet d'une multitude innombrable de belles petites étoiles blanches à rayons incarnats, elle en détacha soigneusement un rameau pour le suspendre, dans son oratoire, à une image de la sainte Vierge qu'elle avait depuis son enfance en grande vénération, et s'en revint joyeuse de lui porter cette offrande innocente. Soit que ce faible tribut fût réellement agréable à la divine mère de Jésus, soit qu'un plaisir particulier qu'on ne saurait définir soit réservé à la moindre effusion d'un cœur tendre vers l'objet qu'il aime, jamais l'âme de la châtelaine ne s'était ouverte à des émotions plus ineffables que dans cette douce soirée. Aussi se promit-elle avec une joie ingénue de retourner tous les jours au buisson fleuri, et d'en rapporter tous les jours une guirlande nouvelle. On peut croire qu'elle fut fidèle à cet engagement.

Un jour, cependant, que le soin des

pauvres et des malades l'avait retenue plus longtemps que d'ordinaire, elle eut beau se presser de gagner son parterre sauvage, la nuit y arriva avant elle, et on dit qu'elle commençait à regretter de s'être engagée si avant dans ces solitudes, quand une clarté calme et pure, comme celle qui descend du jour naissant, lui montra soudainement toutes ses épines en fleur. Elle suspendit un instant ses pas, à la pensée que cette lumière pouvait provenir d'une halte de brigands, car il était impossible d'imaginer qu'elle fût produite par des myriades de vers luisants, éclos avant leur saison.

L'année était encore trop éloignée alors des nuits tièdes et pacifiques de l'été. Toutefois, l'obligation qu'elle s'était imposée venant se présenter à son esprit et ranimer un peu son courage, elle marcha légèrement, en retenant son haleine, vers le buisson aux blanches fleurs, saisit d'une main tremblante une branche, qui sembla tomber d'elle-même entre ses doigts, tant elle fit peu de résistance, et reprit le chemin du manoir, sans oser regarder derrière elle.

Durant toute la nuit suivante, la sainte dame réfléchit à ce phénomène, sans pouvoir l'expliquer ; et, comme elle avait à cœur d'en pénétrer le mystère, dès le lendemain, à la même heure du soir, elle se rendit aux buissons, en compagnie d'un serviteur fidèle et de son vieux chapelain. La douce lumière y régnait ainsi que la veille, et semblait devenir, à mesure qu'ils approchaient, plus vive et plus rayonnante. Ils s'arrêtèrent alors, et se mirent à genoux, parce qu'il leur sembla que cette lumière venait du ciel ; après quoi le bon

prêtre se leva seul, fit quelques pas respectueux vers les épines fleuries, en chantant une hymne de l'église, et les détourna
sans efforts, car elles s'ouvrirent comme
un voile. Le spectacle qui s'offrit en ce
moment à leurs regards les frappa d'une
telle admiration, qu'ils restèrent longtemps
immobiles, tout pénétrés de reconnaissance et de joie. C'était une image de la
sainte Vierge, taillée avec simplicité dans
un bois grossier, animée des couleurs de
la vie par un pinceau peu savant, et revêtue d'habits qui ne révélaient qu'un luxe
naïf ; mais c'était d'elle qu'émanait la
splendeur miraculeuse dont ces lieux étaient
éclairés. « Je vous salue, Marie, pleine de
grâces », dit enfin le chapelain prosterné ;
et au murmure harmonieux qui s'éleva
dans tous les bois, quand il eut prononcé
ces paroles, on aurait pu croire qu'elles
étaient répétées par le chœur des anges.

Il récita ensuite, avec solennité, ces admirables litanies où la foi a parlé sans le savoir le langage de la poésie la plus élevée ; et, après de nouveaux actes d'adoration, il souleva la statue entre ses mains afin de la transporter au château où elle devait trouver un sanctuaire plus digne d'elle, pendant que la dame et le valet, les mains jointes et le front incliné, le suivaient lentement en s'unissant à ses prières.

Je n'ai pas besoin de dire que l'image merveilleuse fut placée dans une niche élégante, qu'elle fut entourée de flambeaux odorants, baignée de parfums, chargée d'une riche couronne, et saluée, jusqu'au milieu de la nuit, du cantique des fidèles. Cependant, le matin, on ne la retrouva plus, et l'alarme fut vive parmi tous ces chrétiens que sa conquête avait comblés d'un bonheur si pur.

Quel péché inconnu pouvait avoir attiré cette disgrâce au manoir de LA SAINTE ? Pourquoi la Vierge céleste l'avait-elle quitté ? Quel nouveau séjour avait-elle choisi ? On le devine sans doute. La bienheureuse mère de Jésus avait préféré l'ombre modeste de ses buissons favoris à l'éclat d'une demeure mondaine. Elle était retournée, au milieu de la fraîcheur des bois, goûter la paix de sa solitude et les douces exhalaisons de ses fleurs. Tous les habitants du château s'y rendirent dans la soirée, et l'y trouvèrent, plus resplendissante que la veille. Ils tombèrent à genoux dans un respectueux silence.

« Puissante reine des anges ! dit la châtelaine, c'est ici la demeure que vous préférez. Votre volonté sera faite. »

Et peu de temps après, en effet, un temple embelli de tous les ornements que prodiguait l'architecte inspiré en ces siècles d'imagination et de sentiment, s'éleva autour de l'image révérée. Les grands de la terre la voulurent enrichir de leurs dons, les rois la dotèrent d'un tabernacle d'or pur. La renommée de ses miracles se répandit au loin dans tout le monde chrétien, et appela dans la vallée une multitude de femmes pieuses qui s'y rangèrent sous la règle d'un monastère. La sainte veuve, plus touchée que jamais des lumières de la grâce, ne put refuser le titre de supérieure de cette maison. Elle y mourut pleine de jours, après une vie de bonnes œuvres, d'exemples et de sacrifices, qui s'exhala comme un parfum au pied des autels de la Vierge.

Telle est, suivant les chroniques manuscrites de la province, l'origine de l'église et du couvent de *Notre-Dame-des-Epines-Fleuries.*

Deux siècles s'étaient écoulés depuis la mort de LA SAINTE, et une jeune vierge de sa famille était encore, suivant l'usage, sœur *custode* du saint tabernacle ; ce qui veut dire qu'elle en avait la garde, et que c'était à elle qu'il appartenait d'ouvrir le tabernacle aux jours solennels où l'image miraculeuse était offerte à la piété du peuple. C'est elle qui avait soin d'entretenir l'élégance toujours nouvelle de sa parure ; d'en chasser la poussière et les insectes malfaisants ; de recueillir, pour composer sa couronne ou pour orner son autel, les fleurs du jardin les plus gracieuses dans leur port et les plus chastes dans leur couleur ; d'en former des festons, des guirlandes et des bouquets qui attiraient à leur tour, par le grand vitrail ouvert au soleil levant, une multitude de papillons de pourpre et d'azur, fleurs volantes de la solitude. Parmi ces innocents tributs, la fleur de l'épine était toujours préférée dans sa saison ; et, contrefaite pour toutes les autres avec un art dont les bonnes religieuses avaient dès lors dérobé le secret à la nature, elle reposait sur le sein de la belle madone, en touffe épaisse nouée d'un ruban d'argent. Les papillons eux-mêmes auraient pu s'y tromper quelquefois, mais ils n'osaient s'arrêter sur ces fleurs célestes qui n'étaient pas faites pour eux.

La sœur custode s'appelait alors Béatrix. Agée de dix-huit ans tout au plus, elle avait à peine entendu dire qu'elle fût belle, car elle était entrée à quinze ans dans la maison de la sainte Vierge, aussi pure que ses fleurs.

Il y a un âge heureux ou funeste où le cœur d'une jeune fille comprend qu'il est créé pour aimer, et Béatrix y était parvenue ; mais ce besoin, d'abord vague et inquiet, n'avait fait que lui rendre ses devoirs plus chers. Incapable de s'expliquer alors les mouvements secrets dont elle était agitée, elle les avait pris pour l'instinct d'une pieuse ferveur qui s'accuse de n'être pas assez ardente, et qui se croit encore obligée envers ce qu'elle aime, tant qu'elle ne l'aime pas jusqu'à l'enthousiasme et jusqu'au délire. L'objet inconnu de ces transports échappait à son inexpérience ; et parmi ceux qui tombaient, si l'on peut s'exprimer ainsi, sous les sens de son âme ingénue, la sainte Vierge seule lui paraissait digne de cette adoration passionnée, à laquelle sa vie pouvait à peine suffire. Ce culte de tous les moments était devenu l'unique occupation de sa pensée, le charme unique de sa solitude ; il remplissait jusqu'à ses rêves de mystérieuses langueurs et d'ineffables transports. On la voyait souvent prosternée devant le tabernacle, exhalant vers sa divine protectrice des prières entre-coupées de sanglots, ou mouillant le parvis de ses pleurs ; et la Vierge céleste souriait sans doute, du haut de son trône éternel, à cette heureuse et tendre méprise de l'innocence, car la sainte Vierge aimait Béatrix et se plaisait à en être aimée. Elle avait lu d'ailleurs peut-être dans le cœur de Béatrix qu'elle en serait aimée toujours.

Il arriva dans ce temps-là un événement qui souleva le voile sous lequel le secret de Béatrix avait été si longtemps caché pour elle-même. Un jeune seigneur des environs, attaqué par des assassins, fut laissé pour mort dans la forêt ; et quoiqu'il conservât tout au plus les faibles apparences d'une existence prête à s'éteindre, les serviteurs du monastère le transportèrent dans leur infirmerie.

Comme les filles des châtelains possédaient à cette époque, dès leur première jeunesse, le formulaire des recettes et l'art des pansements, Béatrix fut envoyée par ses sœurs au secours de l'agonisant. Elle mit en œuvre tout ce qu'elle avait appris de cette utile science, mais elle comptait davantage sur l'intercession de la Vierge miraculeuse ; et ses longues et laborieuses veilles, partagées entre les soins de la garde-malade et les prières de la servante de Marie, obtinrent tout le succès qu'elle en avait espéré. Raymond rouvrit ses yeux à la lumière et reconnut sa libératrice : il l'avait vue quelquefois dans le château même où elle était née.

« Eh quoi ! s'écria-t-il, est-ce vous que je retrouve ? vous que j'ai tant aimée dans mon enfance, et que l'aveu trop vite oublié de votre père et du mien m'avait permis d'espérer pour épouse ! Par quel funeste hasard vous ai-je revue, enchaînée dans les liens d'une vie qui n'est pas faite pour vous, et séparée sans retour de ce monde brillant dont vous étiez l'ornement ? Ah ! si vous avez choisi de vous-même cet état de solitude et d'abnégation, Béatrix, je vous le jure, c'est que vous ne connaissiez pas encore votre cœur. L'engagement que vous avez contracté, dans l'ignorance où vous étiez des sentiments naturels à tout ce qui respire, est nul devant Dieu comme devant les hommes. Vous avez trahi sans le savoir votre destinée d'amante, et d'épouse et de mère ! Vous vous êtes condamnée, pauvre et chère enfant, à des jours d'ennui, d'amertume et de dégoût, dont aucun plaisir n'adoucira désormais la longue tristesse ! Il est cependant si doux d'aimer, si doux d'être aimé, si doux de revivre par ce que l'on aime dans des objets que l'on aime ! Les joies pures d'une affection qui double, qui multiplie la vie ; la tendresse d'un ami qui vous adore, qui embellit tous vos moments, par des fêtes nouvelles, qui n'existe que pour vous chérir et pour vous plaire ; les caresses innocentes de ces jolis enfants, si frais, si gracieux, si joyeux d'être, et qu'un caprice barbare aurait abandonnés au néant ! voilà ce que vous avez perdu ! voilà ce que vous auriez perdu, ma Béatrix, si une obstination aveugle vous retenait dans l'abîme où vous vous êtes plongée ! Mais non, continua-t-il avec une expansion plus vive encore, tu ne méconnaîtras point les intentions de ton Dieu et du mien, qui ne nous a rapprochés que pour nous réunir à jamais ! Tu te rendras aux vœux de l'amour qui t'implore et qui t'éclaire ! Tu seras l'épouse de ton Raymond, comme tu es sa sœur et sa bien-aimée ! Ne détourne pas de lui tes yeux

pleins de larmes ! Ne lui arrache pas ta
main qui tremble dans les siennes ! Dis-lui
que tu es disposée à le suivre et à ne plus
le quitter !... »

Béatrix ne répondit point ; elle n'a-
vait pu trouver des expressions
pour rendre ce qu'elle éprou-
vait. Elle s'échappa des bras affaiblis de
Raymond, s'éloigna troublée, éperdue, pal-
pitante, et alla tomber aux pieds de la
Vierge, sa consolation et son appui. Elle
y pleura comme auparavant, mais ce
n'était plus d'une émotion inconnue et
sans objet ; c'était d'un sentiment plus
puissant que la piété, plus puissant que
la honte, plus puissant, hélas ! que cette
Vierge sainte dont elle appelait en vain
le secours ; et ses pleurs, cette fois, étaient
amers et brûlants. On la vit plusieurs
jours de suite, prosternée et suppliante,

et on ne s'en étonna point, parce que tout le monde connaissait dans le couvent sa dévotion passionnée pour *Notre-Dame-des-Epines-Fleuries*. Elle passait le reste de ses heures dans la chambre du blessé, dont la guérison avait cependant cessé d'exiger des soins assidus.

Un soir, à l'heure où l'église est fermée, où toutes les sœurs sont retirées dans leurs cellules, où tout se tait jusqu'à la prière, voici Béatrix qui gagne le chœur à pas lents, qui dépose sa lampe sur l'autel, qui ouvre d'une main tremblante la porte du tabernacle, qui se détourne en frémissant et en baissant les yeux, comme si elle craignait que la reine des anges ne la foudroyât d'un regard, et qui se jette à genoux. Elle veut parler, et les paroles meurent sur ses lèvres ou se perdent dans ses sanglots.

Elle enveloppe son front de son voile et de ses mains ; elle essaie de se raffermir et de se calmer ; elle tente un dernier effort ; elle parvient à arracher de son cœur quelques accents confus, sans savoir si elle profère une prière ou un blasphème.

« O céleste bienfaitrice de ma jeunesse ! dit-elle, ô vous que j'ai si longtemps uniquement aimée, et qui restez toujours la plus chère souveraine de mon âme, à quelque indigne partage que je vous fasse descendre ! ô Marie, divine Marie ! pourquoi m'avez-vous abandonnée ? Pourquoi avez-vous permis que votre Béatrix tombât en proie aux horribles passions de l'enfer ? Vous savez, hélas ! si j'ai cédé sans combats à celle qui me dévore ! Aujourd'hui, c'en est fait, Marie, et c'en est fait pour jamais ! je ne vous servirai plus, car je ne suis plus digne de vous servir. J'irai cacher loin de vous l'éternel regret de ma faute, le deuil éternel de mon innocence que vous n'avez pas, vous-même, le pouvoir de me rendre. Souffrez cependant, ô Marie, que j'ose vous adorer encore ! prenez en compassion les larmes que je ré_pands, et qui prouvent du moins combien je suis restée étrangère aux lâches trahisons de mes sens ! accueillez le dernier de mes hommages comme vous avez accueilli tous les autres ; ou plutôt, si mon zèle pour vos autels fut digne de quelque reconnaissance, envoyez la mort à l'infortunée qui vous implore, avant qu'elle vous ait quittée ! »

En achevant ces paroles, Béatrix se leva, s'approcha, tremblante, de l'image de là sainte Vierge, la para de nouvelles fleurs, se saisit de celles qu'elle venait de remplacer, et, honteuse pour la première fois de l'usage pieux qu'elle n'avait plus le droit d'en faire, elle les pressa sur son cœur, dans le sachet bénit du scapulaire, pour ne jamais s'en séparer. Après cela, elle jeta un dernier regard sur le tabernacle, poussa un cri de terreur et s'enfuit.

La nuit suivante, une voiture rapide entraîna loin du couvent le beau chevalier blessé, et une jeune religieuse, infidèle à ses vœux, qui l'accompagnait.

La première année qui s'écoula depuis fut presque tout entière dans l'ivresse d'une passion satisfaite. Le monde même était pour Béatrix un spectacle nouveau, inépuisable en jouissances. L'amour multipliait autour d'elle tous les moyens de séduction qui pouvaient perpétuer son erreur et achever sa perte ; elle ne sortait des rêves de la volupté que pour s'éveiller au milieu de la joie des festins, parmi les jeux des baladins et les concerts des ménestrels ; sa vie était une fête insensée, où la voix sérieuse de la réflexion, étouffée par les clameurs de l'orgie, aurait essayé vainement de se faire entendre ; et cependant Marie n'était pas tout à fait sortie de son souvenir. Plus d'une fois, dans les apprêts de sa toilette, son scapulaire s'était machinalement ouvert sous ses doigts. Plus d'une fois elle avait laissé tomber sur le bouquet flétri de la Vierge un regard et une larme. La prière avait monté plus d'une fois jusqu'à ses lèvres, comme une flamme cachée que la cendre n'a pu contenir, mais elle s'y était éteinte sous les baisers de son ravisseur ; et, dans son délire même, quelque chose lui disait encore qu'une prière l'aurait sauvée !

Elle ne tarda pas d'éprouver qu'il n'y a d'amour durable que celui qui est épuré par la religion ; que l'amour seul du Seigneur et de Marie échappe aux vicissitudes de nos sentiments ; que, seul entre toutes nos affections, il semble s'accroître et se fortifier par le temps, pendant que les autres brûlent si vives et se consument si vite dans nos cœurs de cendre. Cependant elle aimait Raymond autant qu'elle pouvait aimer, mais un jour arriva où elle comprit que Raymond ne l'aimait plus. Ce jour lui fit prévoir le jour, plus horrible encore, où elle serait tout à fait abandonnée de celui pour qui elle avait abandonné l'autel, et ce jour redouté arriva aussi. Béatrix se trouva sans appui sur la terre, hélas ! et sans appui dans le ciel. Elle chercha en vain une consolation dans ses souvenirs, un refuge dans ses espérances. Les fleurs du scapulaire s'étaient flétries comme celles du bonheur. La source des larmes et de la prière était tarie. La destinée que s'était faite Béatrix venait de s'accomplir.

L'infortunée accepta sa damnation. Plus on tombe de haut dans le chemin de la vertu, plus la chute a d'ignominie, plus elle est irréparable, et c'est de haut que Béatrix était tombée. Elle s'effraya d'abord de son opprobre, et puis elle finit par en contracter l'habitude, parce que le ressort de son âme s'était brisé. Quinze années s'écoulèrent ainsi, et pendant quinze ans, l'ange tutélaire que le baptême avait donné à son berceau, l'ange au cœur de frère qui l'avait tant aimée, se voila de ses ailes et pleura.

Oh ! que ces années fugitives emportèrent de trésors avec elles ! l'innocence, la pudeur, la jeunesse, la beauté, l'amour, ces roses de la vie qui ne fleurissent qu'une fois, et jusqu'au sentiment de la conscience qui dédommage de toutes les autres pertes !

Les bijoux qui l'avaient autrefois parée,
tributs impies que la débauche paye au
crime, lui fournirent quelque temps une
ressource trop prompte à s'épuiser. Elle
demeura seule, délaissée, objet de mépris
pour les autres comme pour elle-même,
livrée aux dédains insolents du vice, et
odieuse à la vertu, exemple rebutant de
honte et de misère que les mères mon-
traient à leurs enfants pour les détourner
du péché ! Elle se lassa d'être à charge à
la pitié, de ne recevoir que des aumônes
qu'une pieuse répugnance clouait souvent
aux mains de la charité, de n'être secou-
rue à l'écart que par des gens qui avaient
la rougeur sur le front, en lui accordant un
peu de pain. Un jour, elle s'enveloppa de
ses haillons, qui avaient été dans leur fraîcheur une riche toilette ; elle résolut d'aller demander les aliments de la journée ou
l'asile de la nuit à ceux qui ne l'avaient

pas connue ! Elle se flatta de cacher son infamie dans son malheur ; elle partit, la pauvre mendiante, sans autre bien que les fleurs qu'elle avait autrefois ravies au bouquet de la Vierge, et qui tombaient, une à une, en poussière, sous ses lèvres desséchées !

Béatrix était jeune encore, mais la honte et la faim avaient imprimé sur son front ces traces hideuses qui révèlent une vieillesse hâtive. Quand sa figure pâle et muette implorait timidement les secours des passants, quand sa main blanche et délicate s'ouvrait en frémissant à leurs dons, il n'était personne qui ne sentît qu'elle avait dû avoir d'autres destinées sur la terre. Les plus indifférents s'arrêtaient devant elle avec un regard amer qui semblait dire : O ma fille ! comment êtes-vous tombée ?... — Et son regard à elle, ne répondait plus ; car il y avait longtemps qu'elle ne pouvait plus pleurer. Elle marcha longtemps, longtemps : son voyage semblait ne devoir aboutir qu'à la mort. Un jour surtout, elle avait parcouru, depuis le lever du soleil, sur le revers d'une montagne nue, un sentier âpre et raboteux, sans que l'aspect d'aucune maison vînt consoler sa lassitude ; elle avait eu pour seul aliment quelques racines sans saveur arrachées aux fentes des rochers ; sa chaussure en lambeaux venait d'abandonner ses pieds sanglants ; elle se sentait défaillir de fatigue et de besoin, lorsqu'à la nuit close, elle fut frappée tout à coup de l'aspect d'une longue ligne de lumières qui annonçaient une vaste habitation, et vers lesquelles elle se dirigea de toutes les forces qui lui restaient ; mais, au signal d'une cloche argentine dont le son réveilla dans son cœur un étrange et vague souvenir, tous les feux s'éteignirent à la fois, et il n'y eut plus autour d'elle que la nuit et le silence. Elle fit cependant quelques pas encore, les bras étendus, et ses mains tremblantes s'appuyèrent contre une porte fermée. Elle s'y soutint un moment, comme pour reprendre haleine ; elle essaya de s'y attacher pour ne pas tomber ; ses doigts débiles la trahirent ; ils glissèrent sous le poids de son corps : O sainte Vierge ! s'écria-t-elle, pourquoi vous ai-je quittée !... Et la malheureuse Béatrix s'évanouit sur le seuil.

Que la colère du ciel soit légère aux coupables ! De pareilles nuits expient toute une vie de désordre ! la fraîcheur saisissante du matin commençait à peine à ranimer en elle un sentiment confus et douloureux d'existence, quand elle s'aperçut qu'elle n'était pas seule. Une femme agenouillée à ses côtés soulevait sa tête avec précaution, et la regardait fixement dans l'attitude d'une curiosité inquiète, en attendant qu'elle fût tout à fait revenue à elle-même.

« Dieu soit béni à jamais, dit la bonne tourière, de nous envoyer de si bonne heure un acte de piété à exercer et un malheur à secourir ! C'est un événement d'heureux augure pour la glorieuse fête de la sainte Vierge que nous célébrons aujourd'hui ! Mais comment se fait-il, ma chère enfant, que vous n'ayez pas pensé à tirer la cloche ou à frapper du marteau ? Il n'y a point d'heure où vos sœurs en Jésus-Christ n'eussent été prêtes à vous recevoir. Bien, bien !... ne me répondez pas maintenant, pauvre brebis égarée ! - Fortifiez-vous de ce bouillon que j'ai chauffé

à la hâte, aussitôt que je vous ai aperçue ;
goûtez ce vin généreux qui rendra la chaleur à votre estomac et la souplesse à vos
membres endoloris. Faites-moi signe que
vous êtes mieux. Buvez, buvez tout, et
maintenant, avant de vous lever, si vous
n'en avez pas encore la force, enveloppez-
vous de cette mante que j'ai jetée sur vos
épaules ; donnez-moi entre mes mains
vos petites mains si froides, pour que j'y
rappelle le sang et la vie. Sentez-vous déjà
vos doigts se dégourdir sous mon haleine ?
Oh ! vous serez bien tout à l'heure ! »

Béatrix, pénétrée d'attendrissement,
se saisit des mains de la digne
religieuse et les pressa à plusieurs reprises sur ses lèvres.

— Je suis bien déjà, lui dit-elle, et je
me sens en état d'aller remercier Dieu de
la grâce qu'il m'a faite en me dirigeant

vers cette sainte maison. Seulement, pour que je puisse la comprendre dans mes prières, ayez la bonté de m'apprendre où je suis.

— Et où seriez-vous, répliqua la tourière, si ce n'est à Notre-Dame-des-Epines-Fleuries, puisqu'il n'y a point d'autre monastère dans ces solitudes à plus de cinq lieues à la ronde ?

— Notre- Dame- des- Epines- Fleuries ! s'écria Béatrix avec un cri de joie que suivirent aussitôt les marques de la plus profonde consternation ; Notre-Dame-des-Epines-Fleuries ! reprit-elle en laissant tomber sa tête sur son sein ; le Seigneur ait pitié de moi !

— Eh quoi ! ma fille, dit la charitable hospitalière, ne le saviez-vous pas ? Il est vrai que vous paraissez venir de bien loin, car je n'ai jamais vu d'habillements de femme qui ressemblassent aux vôtres. Mais

Notre-Dame-des-Epines-Fleuries ne borne pas sa protection aux habitants du pays. Vous n'ignorez pas, si vous en avez ouï parler, qu'elle est bonne pour tout le monde.

— Je la connais, et je l'ai servie, répondit Béatrix ; mais je viens de bien loin, comme vous dites, ma mère, et il n'est pas étonnant que mes yeux n'aient point reconnu d'abord ce séjour de paix et de bénédiction. Voilà cependant l'église, et le couvent, et les buissons d'épines où j'ai cueilli tant de fleurs. Hélas ! ils fleurissent toujours !... J'étais si jeune cependant quand je les ai quittés !... C'était du temps, continua-t-elle en relevant son front vers le ciel avec cette expression résolue que donne aux remords d'un chrétien l'abnégation de lui-même, c'était du temps où sœur Béatrix était custode de la sainte chapelle. Ma mère, vous en souvenez-vous ?

— Comment l'aurais-je oublié, mon enfant, puisque sœur Béatrix n'a jamais cessé d'être custode de la sainte chapelle ? — puisqu'elle est restée jusqu'aujourd'hui parmi nous, et qu'elle restera longtemps, j'espère, un sujet d'édification pour toute la communauté ; — puisque, après la protection de la sainte Vierge, nous ne connaissons point d'appui plus assuré devant le ciel?

— Je ne parle point de celle-là, interrompit Béatrix en soupirant amèrement ; je parle d'une autre Béatrix qui a fini sa vie dans le péché et qui occupait la même place il y a seize ans.

— Le bon Dieu ne vous punira pas de ces paroles insensées, dit la tourière en la rapprochant de son sein. La détresse et la maladie qui altèrent vos esprits ont troublé votre mémoire de ces tristes visions. Il y a plus de seize ans que j'habite ce couvent, et je n'y ai jamais connu d'autre custode de la sainte chapelle que sœur Béatrix. Au reste, puisque vous êtes décidée à présenter à Notre-Dame un acte d'adoration, pendant que je vous préparerai un lit, allez, ma sœur, allez au pied du tabernacle ; vous y trouverez déjà Béatrix, et vous la reconnaîtrez aisément, car la bonté divine a permis qu'elle ne perdît pas en vieillissant une des grâces de sa jeunesse. Je vous retrouverai tout à l'heure, pour ne plus vous quitter jusqu'à votre entier rétablissement.

En achevant ces paroles, la tourière rentra dans le cloître. Béatrix gagna en chancelant l'escalier de l'église, s'agenouilla sur le parvis, et le frappa de sa tête ; puis s'enhardit un peu, se leva, et, de colonne en colonne, s'avança jusqu'à la grille, où elle retomba sur ses genoux. A travers le nuage dont sa vue était obscurcie, elle avait distingué la sœur custode qui était debout devant le tabernacle.

Peu à peu, la sœur se rapprochait d'elle en faisant sa revue ordinaire du saint lieu, rendant la flamme aux lampes éteintes, ou remplaçant les guirlandes de la veille par de nouvelles guirlandes. Béatrix ne pouvait en croire ses yeux. Cette sœur, c'était elle-même, non telle que l'âge, le vice et le désespoir l'avaient faite, mais telle qu'elle avait dû être aux jours innocents de sa jeunesse. Etait-ce une illusion produite par le remords ? Etait-ce un châtiment miraculeux, anticipé sur ceux que lui réservait la malédiction céleste ? Dans le doute, elle cacha sa tête dans ses mains, et la reposa immobile contre les barreaux de la grille, en balbutiant du bout des lèvres les plus tendres de ses prières d'autrefois.

Et cependant la sœur custode marchait toujours. Déjà les plis de ses vêtements avaient effleuré les barreaux, Béatrix accablée n'osait respirer.

— C'est toi, chère Béatrix, dit la sœur d'une voix dont aucune parole humaine ne peut exprimer la douceur. Je n'ai pas besoin de te voir pour te reconnaître, car tes prières viennent à moi telles que je les ai jadis entendues. Il y a longtemps que je t'attendais ; mais, comme j'étais sûre de ton retour, je pris ta place le jour où tu m'as quittée, pour qu'il n'y eût personne qui s'aperçût de ton absence. Tu sais maintenant ce que valent les plaisirs et le bonheur dont l'image t'avait séduite, et tu ne t'en iras plus. C'est, entre nous, pour le siècle et pour l'éternité. Rentre donc avec confiance dans le rang que tu occupais parmi mes filles. Tu trouveras dans ta cellule, dont tu n'as pas oublié le chemin, l'habit que tu y avais laissé, et tu revêtiras avec lui ta première innocence, dont il est l'emblème ; c'est une grâce peu commune que je devais à ton amour, et que j'ai obtenue pour ton repentir. Adieu, sœur custode de Marie ! Aimez Marie comme elle vous a aimée !

C'était Marie, en effet ; et quand Béatrix éperdue releva vers elle ses yeux inondés de larmes, quand elle étendit vers elle ses bras palpitants, en lui jetant une action de grâces brisée par ses sanglots, elle vit la sainte Vierge monter les degrés de l'autel, rouvrir la porte du tabernacle, et s'y rasseoir dans sa gloire céleste sous son auréole d'or et sous ses festons d'épines fleuries.

Béatrix ne redescendit pas au chœur sans émotion. Elle allait revoir ses compagnes dont elle avait trahi la foi, et qui avaient vieilli, exemptes de reproche, dans la pratique d'un devoir austère. Elle se glissa parmi ses sœurs, le front baissé, et prête à s'humilier au premier cri qui annoncerait sa réprobation. Le cœur vivement agité, elle prêta une oreille attentive à leurs voix, et elle n'entendit rien. Comme aucune d'elles n'avait remarqué son départ, aucune d'elles ne fit attention à son retour. Elle se précipita aux pieds de la sainte Vierge, qui ne lui avait jamais paru si belle, et qui semblait lui sourire. Dans les rêves de sa vie d'illusions, elle n'avait rien compris qui approchât d'un tel bonheur.

La divine fête de Marie (car je crois avoir dit que ceci se passait le jour de l'Assomption) s'accomplit dans un mélange de recueillement et d'extase dont les plus belles des solennités passées avaient à peine donné l'idée à cette communauté de vierges, sans tache comme leur reine. Les unes avaient vu tomber du tabernacle des lumières miraculeuses, les autres avaient entendu le chant des anges se mêler à leurs chánts pieux, et s'étaient arrêtées de respect pour n'en pas troubler la céleste harmonie. On se racontait avec mystère qu'il y avait ce jour-là une fête dans le paradis, comme dans le monastère des Epines-Fleuries ; et, par un phénomène étranger à cette saison, toutes les épines de la contrée avaient refleuri, de sorte que ce n'était, au dehors comme au dedans, que printemps et parfums. C'est qu'une âme était rentrée dans le sein du Seigneur, dépouillée de toutes les infirmités et de toutes les ignominies de notre condition, et qu'il n'y a point de fête qui soit plus agréable aux saints.

Une seule inquiétude obscurcit un moment l'innocente joie des colombes de la

Vierge. Une pauvre femme, toute souffreteuse et toute malade, s'était assise le matin sur le seuil du monastère. La tourière l'avait vue, elle l'avait imparfaitement soulagée ; elle avait disposé pour elle un lit doux et tiède où reposer ses membres débiles, affaiblis par la privation, et depuis elle l'avait inutilement cherchée. Cette malheureuse créature avait disparu sans qu'on en retrouvât aucune trace, mais on pensait que sœur Béatrice pouvait l'avoir aperçue à l'église où elle s'était réfugiée.

— Rassurez-vous, mes sœurs, dit Béatrix émue jusqu'aux larmes de ces tendres soucis ; rassurez-vous, continua-t-elle en pressant la tourière contre son sein ; j'ai vu cette pauvre femme et je sais ce qu'elle est devenue. Elle est bien, mes sœurs, elle est heureuse, plus heureuse qu'elle ne le mérite et que vous n'auriez pu l'espérer pour elle.

Cette réponse apaisa toutes les craintes ; mais elle fut remarquée, parce que c'était la première parole sévère qui fût sortie de la bouche de Béatrix.

Après cela toute l'existence de Béatrix s'écoula comme un seul jour, comme ce jour de l'avenir qui est promis aux élus du Seigneur, sans ennui, sans regrets, sans crainte, sans autre émotion, car les cœurs sensibles ne peuvent s'en passer tout à fait, que celle de la piété envers Dieu et de la charité envers les hommes. Elle vécut un siècle sans avoir paru vieillir, parce qu'il n'y a que les mauvaises passions de l'âme qui vieillissent le corps. La vie des bons est une jeunesse perpétuelle.

Béatrix mourut cependant, ou plutôt elle s'endormit avec calme dans ce sommeil passager du tombeau qui sépare le temps de l'éternité. L'Eglise honora sa mémoire d'un souvenir glorieux. Elle la plaça au rang des saints.

Bzovius, qui a examiné cette histoire avec le grave esprit de critique dont les auteurs canoniques offrent tant d'exemples, est bien convaincu qu'elle a mérité cet honneur par sa tendre fidélité à la sainte Vierge, car c'est, dit-il, le pur amour qui fait les saints ; et je le déclare avec peu d'autorité, j'en conviens, mais dans la sincérité de mon esprit et de mon cœur : Tant que l'école de Luther et de Voltaire ne m'aura pas offert un récit plus touchant que le sien, je m'en tiendrai à l'opinion de Bzovius.

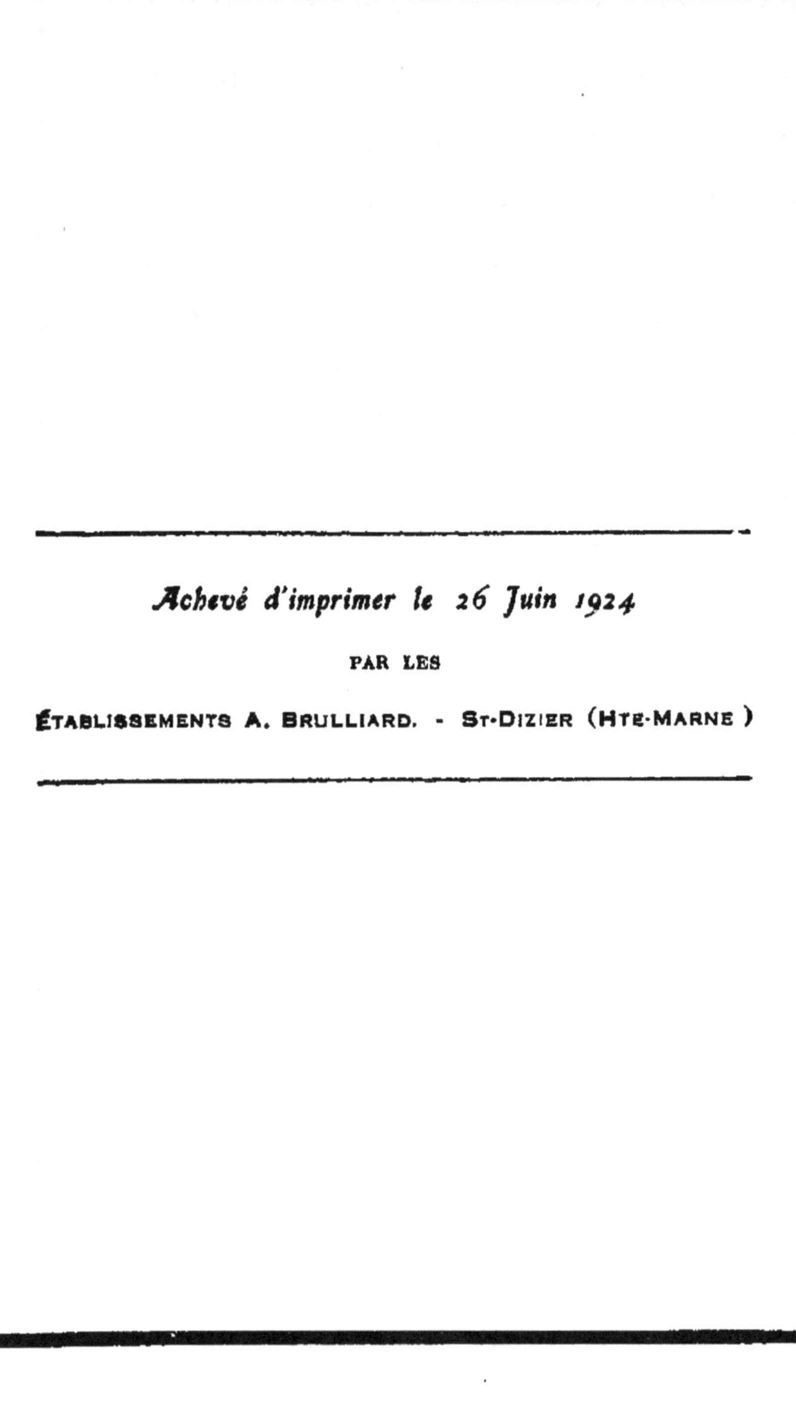

Achevé d'imprimer le 26 Juin 1924

PAR LES

ÉTABLISSEMENTS A. BRULLIARD. - St-DIZIER (HTE-MARNE)